堰塞湖

張光仁

名家推薦

〈在戀人的房間裡〉榮獲第三十三屆聯合報文學獎新詩評審獎

這篇作品整體思路清楚、饒富詩意，並帶著悅人的節奏。

——羅智成

〈暫時居留〉榮獲第十四屆臺北文學獎現代詩優等獎

這首詩大概講就是來臺北討生活要租房子，這一定得經歷一些過程；它把租房子的心情描述得滿清楚的，而且我也很喜歡這首詩的語言，合乎邏輯。

——沈花末

它的語言相當精準。看似很common sense的一首詩，卻處理得細膩、有條理，把個人生活的殊相提升爲某種社會共相。整首詩從前段租賃空間的意象表現，到後頭有關房價種種現實現象的描寫，我都覺得還不錯。

——羅智成

〈堰塞湖〉榮獲第十六屆臺北文學獎現代詩優等獎

它是用臺北盆地作意象，又有情感的鋪陳……這樣的寫法，我覺得蠻奇特的。寫出來的東西也能夠傳達得出來。我覺得寫法細膩。

——李勤岸

我非常喜歡這篇既是寫臺北又是寫愛情所呈現的方式，尤其是第一段和最後一段，讀來非常溫暖，或者說作為一個詩人的表達方式，我覺得它已經到位了。過去比較沒有用這樣子表達愛情的技巧。最後「淤泥沉澱在心底」或「孤獨探出頭來」，讀起來很能夠被它感動。語言的成熟度很飽滿。

——劉克襄

〈不許〉、〈三月〉刊登於二〇一五年五月《聯合文學》雜誌

〈不許〉與〈三月〉關注的是巨大的議題，關於國家、政治和人民；但選擇聚焦的是議題當中的細節，尤其當中的溫情與傷心——寫人民對政治的抵抗與禁忌，寫人在「運動」中的經歷，也寫政治事件與日常生活之間的關係。

——林達陽

目次

輯二、暫時居留

輯三、堰塞湖

輯四、走過你走過的路

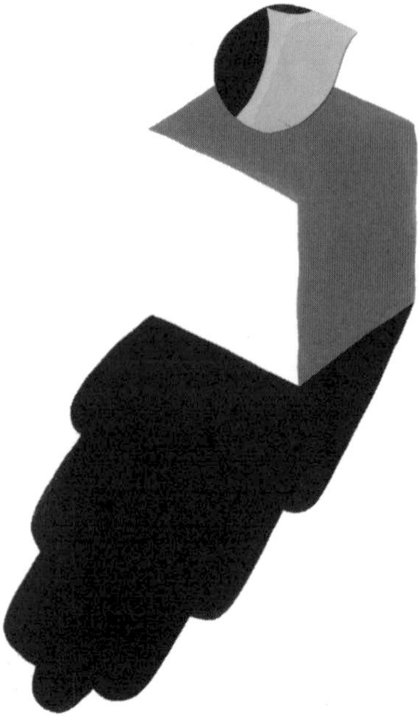

輯一、在戀人的房間裡

在水一方

所謂伊人，在水一方。

——《詩．秦風．蒹葭》

就這樣我們決定涉水，
儘管浪花持續保持著衝擊，
我們因而赤裸，潛入，
必須深藍必須幽暗的海域。

於是我們並肩，我們屏息，

龐大嘈雜的背景因而感到羞赧，
而安靜下來。

我們忙於延續普羅米修斯的火焰，
所以關於夜晚的美麗，
請你闔上，不必急於讀完。

請用落英迎接那深刻，
而感到短暫的吉光片羽，
我們以愛名之，最好的時光。

讓我們再醞釀一次航行，
跟著微醺的暗潮漂流，

而醉，而歌，
而有了溫暖的慰藉，在你眼神之中，
於是我有了你的微笑，在我的心中。

暖化

Dear dear，
你是整個夏日我最擔憂的冰層
我不願你緩緩熔化
流向大海大洋
像季節交換之際的皮屑
脫離我的身體

這一季的暖化未曾退過流行
對你的熱情持續升溫

Dear dear，

你是海面颶風捲起的陣陣波濤

海平面將我淹沒。我是

孤立無援的小島

Dear dear，

洪水因你而起

遠方的森林燃起了死寂

你淡淡的呼吸

預言了這個時代的末日

Dear dear，沒關係

是愛，毀滅了我們自己

皆業

一切皆業，何不今世便用君之心，行君之意？

——《美麗拳王》（*Beautiful Boxer*）

生死的輪迴打轉了幾圈
黑暗甬道、天堂口
你問：何處曾有光？
我們相遇，已不知過了
幾個向佛求來的五百年

無法阻止繁星閃爍，無法

阻止日落……
無法看見你憂傷地與我錯過
佛也無語，僅頷首
彷彿萬物運行於掌中，彷彿
我們咬下同一顆蘋果

貪啊，嗔、痴
我貪著你的嗔與痴
你臉龐輕輕灑落的一頁
便甘心，爲你
十業、百業、千業，
綠葉，與落葉……

那佛不曾回答我
我亦無以問之。
悲與喜爲何，
來處與歸途爲何，愛呢？
我亦，無以問之……

唸遍萬經，或許便能參透你心
一切皆業
便用其心，行其意。

安定生活

在有光的寓所裡醒來
身旁伊人仍熟睡，仍像一個小孩
拉開了窗，世界仍在：
遠方坐臥祥和山巒，翠綠依然
喚起清晨，像喚醒戀人
不願過於擾攘；想讓他的夢延長
他的夢是我，最美好的日常
將自己整備成爲一個乾淨的人

梳理毛躁髮梢；平整情緒
憂鬱是幾根無法刮淨的髭鬚
整燙一件白襯衫，穿上柔軟外衣
剪裁瑣碎細項，讓生活合身
言語之間現坑洞，決定今日就把蛀齒填補
迎向光明，讓暗暝只在夜裡來
看幾場電影；到街上逛逛
知道還有許多人和自己一樣
就不感覺孤單。即使寂寞突然

開始閱讀，關心海邊的核電廠
注意巷弄轉角處的綠野去向
穿越地下道認識山頂洞人

他們睡著，夢境是幾幅未完成的塗鴉牆
踏入地鐵像溯游一條小溪
我就要通往彼岸，岸上有人。

就決定做一個平凡的人
難過來時就哭，哭時就掉淚
苦痛走了就笑，笑聲開懷
日日鍛鍊，健康明朗
幽而不默，悲而不傷

對分

生活的天秤傾頹，我難以
思考任何需要費神的指令
保留部分的腦容量
恰好能夠
想想我們之間的關係
舀我愛裡最豐厚的湯頭給你
使你感覺平淡細節
甘醇入味
做一張粗糙的砂紙

拋光夜裡堅硬的噩夢，翻身瞬間
折射我，讓我進入
你無意識地靠了過來，打算把自己
全部分給我
沉重鼾聲吞吐酣眠
把在夜裡想說的話
黑暗中，一個人錄音
你發出勻稱的呼吸靜靜收聽
直到明日清晨
窗臺鍍上一片細緻露水
鬧鐘引爆房間的核彈
煙飛雲滅裡，我們不情願地醒來
霧濛濛地看這個世界

歉意

頭不能再低了，來到你面前
舔拭我一身厚重的糖衣
只有你知道，融雪之後
我仍是一個甜甜的男孩
包覆苦澀的內裡
有時沉迷於你的責備
句句都是棉被
溫軟地含蓋著我的寒冬
有時你對我好

擔心我的睡眠，夢裡心裡
常常碎裂的玻璃

你臉紅著地別過頭去
眼神流動著像親人才有的疏遠
距離卻不陌生
就怕終有一天不能再陪著你了
只是伴著，彼此挨著
走在日落前的國小操場

如今我懷抱著歉意
攜帶白兔的謙卑，圓仔的痴肥
這個時代有太多百分之百的眞相

摻雜著油膩謊言
望著彼此的體脂肪
雙腳十趾交疊不知所措
不如趁著夜晚裡的雲雨
你牽起我的手
啟動最後一座未經認可的反應爐

都是真的

這一切都是眞的
日出、隕石
昇起的以及在夜晚落下的
我知道，即使極微小的片段
那騙不過我們盲目的眼睛

所以說，這一切都是眞的
潮水來過也退過
我們赤裸的腳步濕透過也乾過

褪不掉的痕跡，我知道
那是無法使我們迷惑的

都是眞的
這一切都是眞的
走在露水沾濕的草地上
雙手握地，沿著草尖翻滾
洋溢的花香在路邊
我們並行的路程越走越遠

也許都是眞的
關於孤單星球的運行
擁抱碰撞的溫度

以及我們純眞的時時刻刻

那些——

所有所有與我們逆行的一切

都是如此眞切而難以動搖

終於我也可以寫下

寫下一首愛的情詩於你
讚美、歌頌，把愛的情詩唱成夏夜的晚風
在微風中、在輕飄的雨裡
即使在雨裡，我也可以寫下一首愛的情詩於你

我也可以寫下愛的詩句
例如：今日風大，路上小心
或是，「我們都罹患了愛，這是一生
的宿命，無藥可醫。」

大部分的時刻我是毫無靈感地
尋找愛的目的

我總是書寫，晦澀的部分
寂寞、年老，生活的煩悶以及，死亡
你不愛這些隱身於日常的落寞、寧靜的虛萎
你願世界和平，勝過——
爲你書寫的一切

但今晚不同，因爲我愛你。
我愛你的不安，也愛你的堅強；
愛你半夜細細囁嚅的唇，更想進入你的夢

終於，你願意成爲我筆下的夜光杯
斟滿寶石的美酒，琥珀而生輝
今晚我仍不願大醉：在愛中，
在你憐憫的眼神裡，在反覆塗改的紙上
——未完成的故事裡……

你也終於願意成爲愛情的俘虜
讓我成爲一時的戰士，永遠的小卒；
讓世間萬物皆安妥、百事皆完備
心臟穩定地搏動，呼吸順暢
血液充滿熱情，輸送與你共度的光陰
一切如樹，翠綠且扶疏。

所以我將可以寫下：莎士比亞以及聶魯達
二十首，十四行詩；七十一首，或是更多
關於你微風的聲音、陽光的語言，
波浪中的航行，陪伴的雙臂，以及——
一百首關於愛的溫柔情詩。

深夜發音練習

你是魚。

深潛夢境之洋
小巧身軀發出藍鯨聲響
你有擔憂；還有未完成的航程
伸張流線身軀，你願做——
暖化後第一批上岸的水族
夜燈降落於你身體、背上雙鰭

鱗片層層剝落，在星空下兀自發亮
整座城市；許多白日
整個夏季被過於鹹苦的憂鬱浸漬

來到我的身邊，你是海螺。
蜷曲身體孵化夢境中另一個夢
吹奏自己，你在無聲的夜晚
發出寂寞的回音：)))))

「床第的潮間帶，正進行
本世紀最壯觀的鯨群毀滅紀實……」
幾次我曾細心蒐集夜裡的音波

專注描繪，深情聆聽
那裡混雜諸多情緒：
日常以上，理想未滿

鎮日你被陽光困於室內
項背淋漓恍若遺留未乾的海水
於是夜裡；睡眠跌落的深處
漫天音頻在樓房之間微弱射出

如果這能代替淚水，那請盡情哭泣
從你喉頭；發自胸肺
你是墨色舞台上深沉的男低音

呼吸之間，我是假寐的聽眾
迷失在你寬廣音域，選擇了失眠

多想和你說說話

總有一天　世界
趨向寂靜
我們之間無法再以言語說明
充斥的噪音啞然。重複
卻也詞不達意
有些話，仍想對你說。
說說，說說，你也說說
雖然街燈仍筆直
螢火蟲的晚班尚未打烊

夜車奔馳，我的孤獨也醒著
你卻已經睡了……

睡了，睡了，整座城市也都睡了
我在想你微閉的眼眸背後：
幾個宇宙正燃燒，
幾座冰山正消融、幾條河流變了走向
或是你，
正航向兒時童話的待續時光？

「害怕的，不是睡著本身
只是無法確信，明天仍然醒來。」

呼吸有秩的小腦袋正在想些什麼？
是煩惱深處地層的搏動、
遠方海洋的呼嘯，沙漠、峽谷的坎坷；
還是此時的你正困在
惡魔嘴裡，顫抖、畏縮——
只因將被黑暗消化？

夢境裡頭和外面一樣奧祕
你輕闔雙眼，也與夜色
一同深睡；深邃。

今夜，囈語將是瑣瑣碎碎的
咖啡因喚醒黑暗中的微光

過去、恐懼、依存、
離散 以及無法完全嘔吐的憂傷
都被你蠕動的唇形
咀嚼成碎屑

或許我，今夜亦無夢
夢裡廣闊卻無處漂泊
或許我，只是想和你說說話
聽你淺淺的回應
那樣而已……

在戀人的房間裡

四坪大小，格局方正
一房一衛，單身且育有陽臺
「適合雙份的寂寞、隔夜的宿醉
前來拜訪皆不拘，但短期勿試。」
撕下一截邀請，戀人的房間收容我
允許我，攜帶往日的無眠

曼哈頓的人群走在房間牆上
布魯克林大橋橫跨冷氣下方

東京鐵塔尚未拼湊完成，米字旗貼牆擺動
戀人蒐集世界，在自己的星球上旅行。
缸裡有魚與倒影接吻，偶爾儀式般
躍入電視裡的動物星球；
窗邊的植物過於木訥，低頭表示虛弱
近況：肝指數過高，膚色黃疸
我在戀人的房間裡醒轉，拉開窗簾
招引一些細碎的透亮

有時我們很好，星球運行妥當
房間是子宮；我們是孿子，羊水拍擁中隸屬相同的基因
有時一些小小的地震
雙人床漲成海洋，言語捲起巨大海嘯

棉被的波濤中，思緒向兩岸背馳
孤獨漂流各自的深夜……

戀人的房間播放各種音樂——
鍵盤在桌面交頭接耳，冰箱顫抖高歌
風扇呼嘯打探桌上蟻類的瑣碎交談
空洞趁虛藉著嘈雜壯大聲勢
安靜的聲音不發一語。偶爾訴說寂寞、
怕黑，以及晚睡。
我們時常想像另一個偌大的房間
可以安頓更多的生活，停泊每日的繁忙
角落能夠置放更大的書櫃
儲存知識，收藏記憶；

一座博物館，或一間精神病院。

戀人總是，在清晨的夢境中壓低音量
盥洗昨日，換上新的一天
我來不及與其共赴一場日出，
投身惺忪的城市
戀人總是，爲我添加一個蜂蜜的吻
使我安眠，讓我代他完成未竟之夢

在靈感的房間裡

我還在思索修辭和語氣
還在考慮意境與堆疊
時光川流，白馬奔走
清晨被薄霧籠罩，萬物朦朧
我的詞彙裡還缺少什麼
等待被描繪

靈感的房間流離散佚
只剩一張偌大的床

留下空缺與凹陷
餘溫與潮浪
夜終將褪去他的深沉
我還輕摳著痂，安撫著傷痕
蜜糖色的史前記憶琥珀汩汩
終將因爲書寫——
流淌成爲一條巨河
互道晚安備妥各自的夢
各自的船帆和遠洋
就要遠離背山向海的灣港
你終究披上了毫無定性的披風
等待一顆最亮的恆星
指引方向

以為時間能夠拼圖
破碎著身體等待美麗被完成
以為你我終究是彼此的碎屑
愛的意圖如此明顯
卻總有暗黑的鬼魅不允許我們擁有
如今我的言語爬行許久
卻說不出幾個最卑微的字

分裂語錄

向晚沿著天際線
將白天的溫暖收攏
遂有落葉飄零、寒風呼嘯
路上行人蕭索
笑語紛紛相偕走避

夜裡月光塗上銳利的薄霧
在夢中，熟睡的片刻
我只能任由它無情地宰割

祕密不斷地訴說
於是極爲晦澀的逝去片段
也慢慢，拼湊組裝

也慢慢，愛上你然後
逼迫自己失戀
像拚命爬上岸的生還者
又悲傷地、無法理解般地
縱情跳入深藍巨大的漩渦
我也依然不停掙扎
又不停地墜入。
在生命初始的禁忌邊緣
看著靜靜的你，然後靜靜的

發獃

彷彿所有不相干的事物也都靜靜地慢了下來

我感覺，因你——

世間萬物緩緩地起伏，搏動

隨著你的呼吸、心跳、眨眼、

微笑、與不經意的轉身……

「欸。」你輕聲說。

金剛心

是美麗殺死了它。——《金剛》（*King Kong*）

也只有你，那我寧願
被世俗的眼光套上枷鎖
萎頓地癱坐舞臺中央
讓萬夫消費我畸形的容貌
使他們訕笑我柔軟心底
堅信的我們之間
不被許諾的情愛

是你讓我放下野獸的拳頭

梳撫毛躁的情緒
是你讓我躍上了高樓尖頂
搥胸吶喊遠方的晨曦
那是爲你備妥的豐盛美景
你是最令人難忘的日落餘光
整個世界的風浪都請讓我爲你勇敢抵抗
請盡情地駛進我
毛茸的灣港

只有你
讓我情願掉進預設的陷阱
也只有你
可以融化我金剛的心

無害動物

晚睡的眼睛像兔兔
其實你的志向微小
鬥志薄脆
面對生活卻假裝暴龍
都想冷不防給你一個熊熊的抱抱了
夜裡的鼾聲出現河馬
呼嚕呼嚕
張大嘴吞下鱷魚和禿鷹
日日穿越龐大蟻族

羨慕鴿群
咕咕咕咕地飛遠離去
給我最親愛的鹿
如果可以，我願
流淌一條清澈的溪河
供你舔舐
順柔髒汙的毛花
立下此生最大心願：
放牧整座山坳的草泥馬
逐水草而居
與你

寂寞是如此

所有的歡聚都已結束，就只剩下你了。
就只留有你的叮嚀輕輕哼哼
在我耳畔，投擲眉間
你撫摸我薄弱的耳殼
順流著輪廓將溫柔讓渡
輕輕哼哼就怕我要聽不見了

就怕你要走了，就只剩下我了
無知的世界成群結隊要我入列

我將獨自走進隊伍，孤單踏步
冷夜裡我環抱成一只塌陷的沙袋
寂寞是拳，
每一記重擊我，讓我全面潰散。

就快要看不見了，晨霧它帶走了你
行筆欲止但故事終將成篇
寂寞是如此虛構主詞受格
胡亂造句，將你我安置其中
使情緒的大壩決堤
疏散相擁取暖的人群
寂寞是一顆上膛的砲彈
就等你那邊的空襲收效

伸長砲管，慾望飽滿它將命中你心
寂寞是如此輕易抵達
而我們已走到這裡。

談未來

與你聊起往日，
那些是專屬彼此的神祕小禮：
你尚未經歷的，我未曾參與的
如今在此紛紛掀開底牌
我們總是不吝於交換。星夜下——
你端詳我的過去；我拆閱你的曾經

也就說到了現在
時間也漸漸變晚，現在就像

每天我們互相試探
對方的胃口：
你買我愛吃的宵夜；我點你愛吃的菜

然後一路談到了未來
未來無須等待，便自個兒前來。
那時我們又會遺失哪些落寞
驚喜是否依然隨地盛開
身體能夠無恙，心頭仍殘留有傷？

眞正我們都忘記了言談中的細節
在意的是，彼此的感傷
你小心踩過我的地雷，我拆卸你

心中那顆未爆的炸彈。

在遠處閃閃發光的仍舊是那些最珍貴的夢

以及共同培養的想望

潮退

退潮之後
恍若群鯨視死如歸
擱淺夢境邊陲
此刻床岸仍有餘浪，拍擁成沫……
世界已全無音訊

望著你起身，霧一般消滅
月光臨岸
房間回到最初的蔚藍

獨自面對深海洋流
任它將我帶往極地冰寒
前去無風的緯度
你是閃爍粼粼微光的夜間航道
我曾費盡一整個盛夏
徒勞無功地衝刺你身
腳步飛快想望一瞬爲風

如今，浪靜潮退；
寂寞回歸
終究害怕你是海面一場無謂的雨
悄聲來去

甲板

Sometimes it lasts in love,
but sometimes it hurts instead. —— Someone like you, Adele

順著浪潮，你順著
隱身海底的神祕洋流而來
你是人魚，忘了攜帶鰓
慣習潛水，只吸取自己攜帶的氧氣
海裡隱沒著我們的祕密
光溜的身體適合尾鰭
擁有雙腳，遠方海洋將變爲崎嶇

甲板上滿是探頭換氣的魚蝦貝蟹
渴望岸上的光線，他們說：
「這裡將供應最飽滿的陽光……」
你會乾涸，一身鱗片幾隻鰭
切莫忘記與生俱來的詛咒將使你脫皮
你有你的雷達，我也隱藏著我的
掃描的時候，是否你也看見
我正凝視著你

渾實潔淨，你是溫良的水手
我不是港灣，我也是另一個
等待靠岸的船長

若你水球前來
我將滿舵而去

輯二、暫時居留

不許

我的愛人總是準備過量的夜宵
怕我晚歸，挑食；不喜時蔬
以月光調味，烹煮夜色
樂於供給更多營養
他寧可無視，逐漸攀升的體脂

愛人拘謹，事事掛慮
不易成眠，夢中多惡
而生活充斥陌生來電、虛無謠言

遠方來信有遲疑的稱謂；
包裹內含過分的情誼
愛人寧可無情，也不願疏漏粗心

我的愛人不許我遊戲平靜無波的湖面
告誡著我：
更多的漩渦與暗潮
拉攏炙熱身軀
他能看見眾多天眞的靈魂直往下游漂流
愛人不許我——赤腳涉入
滾燙的柏油，不許我
手搖如炬的旗幟，唱震天的歌；
不願我聲嘶力竭，不願我

與陌生人雙手交疊
編織帶刺的蛇籠
圍困自己

我的愛人總是懷抱著擔憂
深懼離別，羞於表現
他藏不住的雙頰淺窩告訴我：
愛情就是一種生活的想像
想像與最愛的人，
一起生活

有時候我輕聲抗議
愛人啊，請讓我到世界的盡頭盜火

呼喊最激昂的口號
揭露最虛僞的謊言
深長如蟒的傷疤刻鑿大地肌理
惡毒的口水如暴雨
黃昏要來了，水面愈漲愈高
愛人啊，讓我前去
闢一條堰堤，爲了寧靜的夜疏濬

我愛的人如今他還愛著我
但是我的愛人啊，我如何愛你
當這個家國決定搭上舊時代的列車
背離我們而去

三月

從此以後，春天裡
我會想起一件事關於你
關於警棍如黑雨，淋濕了肩臂
盾牌堅硬；言語銳利
於是明白汗水與淚擁有相同的味覺
疼痛充滿顏色，瘀青與紅血
像是遺忘名姓島嶼裡
旗幟飄搖隨風吹

穿越四分之一個世紀，飄來花香
想起一件事關於我們爲何對立
曾相擁似水，如今背離彼此如岸……
高舉雙手裡無寸鐵；只賸公平正義是刀
割劃暗夜裡的傷口
土地不願面對的發炎、腫脹，我們清創
引流蓄積多時的膿瘍；
無法安心成眠的那幾夜
傳來遠方消息：突破與包圍
如何說服這祇是一次糟透的夜營
水柱劃破晨曉，澆熄燃燒竟夜的柴薪
那些夜裡夢裡的航道如何順遂
理想生活該降落何地

回到三月，想像你決意跨上拒馬
它冷峻的心帶刺；想像你
靜坐自己架空蛇籠，也不願它——
把你所愛之城坐困其中
想像你，終將緩步走下階梯
在三月的春暖裡
黎明將至，晨光剛好
輕聲喚醒街上帳篷裡熟睡的孩子

候選

如果你不能馴服我，
就請不要給我機會。——〈我的一票投入光影之隙〉，鯨向海

曾經我們挨著彼此
在歷史的河裡覆滅
你抓著我的手
我抓著自己沉默的心
冰冷漫長的海上漂流
熾熱的遠方
總有探照燈持續搜索

失去名姓的島嶼身陷離奇的綁票
你我皆人質，斯德哥摩爾
每個人爲自己憐憫的歹徒
反覆練習著說詞
逃脫永遠是可能的
所以請不要放棄了治療

整個城市紛紛擾擾
談論誇大不實的遠景
政見是一瓶清澈卻不純的橄欖油
一場選擇的戰爭
打得火熱
沒有人看見

冬天就要來了

你的坦白是最令我感動的造勢
布簾之外
眾多人影監視著我們的抉擇
黑夜裡閃亮的票匱
你是唯一的候選

七月三十

突然意識到未來的事：
直覺是當下的抉擇與遲疑
造就明日的輝煌或損傷
有一雙手，戴上清潔氣味手套
搗住了我們用髒話與辯證
告別慘綠青春的雙唇
模糊不清的遺言裡書寫：
「不如就殺了我，
如果你不讓我說。」

讓我們溫柔地逸出常軌
令死神途經繁盛，翻閱冥王
祕密的背面；
滾動你我雙瞳
冷眼旁觀僞裝的善意
逼視它——以正義的後盾、
以未經浸染的純粹內涵
令它愧疚，心生不安

近日是一條長路將盡的隧道
幽靜的旅程異常孤單
但光明的出口，永亙長存

只要還有一口氣
就還能抵達
過彎之後澄亮的前方

火山

日子過得休眠
無風無雨，生活
就要以為不再有
猛烈的爆發
言語的地熱谷
氤氳蒸騰
冷戰就像堅硬的板塊
一生總有大小地震
推擠著彼此

難過隱沒著誤會
我的解釋在地底深層
結晶成鑽

有時想著：
就再也不逃了……
世界圍繞著你像
滾燙的熔岩覆滅著我終究是
無處可去的龐貝

夜釣

帶著我，載著你
來到夜裡的長灘
深深夢境是一望無際的海岸
沉默呼聲是潮汐，囈語是浪
你是裸足而奔的孩子
踏著碎波前來
月光灑落床沿，蔚藍整個房間
照著我，罩著你
慾望是苔蘚的；孤獨是蕈類

夜雨潮濕了手心
暗潮湧動，危顫顫撐起堅挺的魚竿
——垂釣彼此
還要等待你多久……
深海漫漫，等著翻覆整片光亮陸地
眼神一個震波
便甘願爲你毀壞歲月
鍛鍊自己成爲一只美味的餌
願者上鉤，願你上鉤

我們就要出發

連綿的雨意織起絲線
不斷在走過的路邊灑下網來
身邊的人們撐起了傘
一朵朵盛開在濕皺的街道

滿懷鮮豔地探過頭去
陌生的人，走過我們面前
一個個卻無聲消散
消失的臉孔逐漸累積不安的情緒

看了太久灰撲的城市
遠方的天空燃起一大片紫雲
有時你說：「這些年來，
遲遲無法動身……」

你是要前往該去的地方的
不管這雨聲吹起的歌再唱多久
也無論，世界的風向多麼
毫無頭緒
路只有一個盡頭
啟程，便會到達

無情的暴風沿路追趕
過多的耳語，溢出了堤防
慶幸的是，我們仍有
暈開的笑容，毛邊的午後
即使生活的雨季綿延無期
日子在不久的以後也將拉起警報

什麼都不需要害怕
你有我爲你斟滿雙手的柔軟水位
這一次，我們
就要往溫暖的星球出發

暫時居留

——關於一座租賃之都

候鳥般飛抵島嶼頂端，藏匿雙翼深潛城市底部
與他人交換名姓、互按手印
填寫一處陌生的位址，割據數坪領地
白底紅邊書寫，整齊列舉短暫擁有的條約
開頭的稱謂：「乙方」終究歸我們管轄

居陋巷，往單向道深處蔓延——
九重葛居無定所，背負超載的冀望疊床架屋

晚間十點等待笑聲來了，落寞來了，也靜待一日悄悄走過……
入睡之際，爲床邊空缺替換一個鬆軟熊型抱枕
——夜裡易於碰撞堅硬且翻覆的夢。
將自己塞入屋內，收納整潔
用喧譁的音量塡滿時間

晨起之時，依舊慣習灑掃昨日的疲累
擦拭微型宇宙裡每顆打轉不停的行星
（適合久居的恆星是否在未來某處……）
水泥隔間抵擋尖銳的耳語：
讓隱蔽的情愛擁有隱私；使不堪的頹敗獨自宣洩
用線路連接另一端的風景，無對外窗
我們仍能看淸外面的世界

在鋼骨構築的叢林選擇合宜的棲地
套房供養獨立的居所；雅房適合共有的日常
三房兩廳一衛：是否有人願同分攤一個想像？
「全新裝潢，可炊，性別不拘。」
「自租，捐免，眞情價可議。」
「包水電，寂寞另計。」

整座城市都在等待出租；
每個孤單的空房，都在等候有緣人入住。
高聳的樓層內，成交不斷進行
持續攀升的房價中，卻始終沒有一個房間
眞正隸屬我們

在圖書館的一個下午

以爲自己被淹沒了
在一座故作鎮定的小型城市
周圍的聲音細碎，空氣凝結
爲數眾多的呼吸假裝認眞
節奏性地翻閱書本

這裡的人們最爲沉靜
專心思考，不善流言
世上的紛亂在此壓低音量

躁動同樣難以虛張

燈光充足地照射每張臉龐
影子安穩地於桌面平躺
所有的一切安安靜靜
知識與睡眠在這裡隨時光增長
慢慢被累積

百葉窗細心工整地
爲外面的世界畫下重點
幾束斜照的陽光透射進來
提醒我，幾乎漏掉的幾行
生活的筆記

我的身邊沒有你的輕聲閱讀
在夏日來臨前，一個難熬的
圖書館下午

我投降，放棄了用功
專心地學習與寂寞相處

一樣

醒來的時候一樣
坐在床沿想一樣的事，一樣不想
下床，穿一樣的服裝
扮演一樣的配角
一樣沒有臺詞，一樣冗贅
吃一樣的早餐，永遠是
培根蛋餅一樣大杯溫紅茶
一樣的旅程，來回地獄與天堂
一樣的閘門扣一樣的款

坐同一節車廂，抵達
同一棟大樓，坐同一個角落
一樣瑣碎的事，摧毀日常的
煩，並困擾著我——
每個來看我的人說著不同的主訴
卻一樣感到難過，不知所措
我聽著自己簡陋毫無變化的同情
一樣矯揉造作，一樣
感到束手無策；
想去看夏天一樣的海
一樣的蔚藍，一樣的浪沫
想看潮水如何一點一滴沖散我

將我淹沒。
想過一樣的日子：
自然醒、有風，床邊有書
傍晚的操場有孩童笑聲，
有你有我，緩步走向
一樣火紅的夕陽，一樣
黑，卻閃爍星光的夜
是不是生活被施了魔術
時間複製時間
分秒拷貝著憂鬱
多想永遠看著你
一樣對我白眼，一樣皺眉
因爲明天醒來即使

世界一樣，我怕
找不到一個一模一樣的你

午夜播音

這城，撐到最後
都已熬出濃湯
墨色的勾芡中
幾顆胡椒在夜空等待嗆傷
趴在窗邊不睡的人

「我的朋友，是否尚未找到
切入夢境的準確時刻……」

請你和我一起練習
轉動雙耳，鼓動聲帶
將震動的音量縮小，集中
豎起食指（記得將緊閉的窗開個小縫）
我們每個人都被遺棄了
每個人，都一個個寂寞地
向宇宙深處發射電波

我們只能一直壓低頻率說話
不能被路過的關心偵查
那些是，片段的溫暖
缺席的鼓掌

只要一通叩應，便足以
讓我們這樣的人默默感傷

漫天許多透明的射頻
如果你願
伸長一支接收的天線
輕閉雙眼，午夜的安眠
便自然擊中你的眉間

黑色少年

——觀「祕魯兒童撿拾煤炭求生存」有感

那些黑色的記憶在夢中不斷出現
我們不斷撿拾活下去的理由
已經很久我們不記得父親和母親
靠著微弱的燈光繼續在坑裡
接收互相依靠的眼神

古文明在深邃的山裡被遺忘
就像我們被遺忘在文明的深淵

黑色的煤炭那麼深沉
壓在瘦弱的軀殼快樂傷痕難以癒合

空氣中充滿殺戮的敵意
我們只有雙手沒有武器
面對隨時爆發的黑色戰局
我們早已失去逃離的勇氣（也無路可去……）

天空如此晴朗世界卻一片黑暗
飢餓紛紛跪倒朝拜這黑色的大地
尋找奶水滋養乾癟的童年

我們是一群學習生存的黑色少年

爲了在這寂寞的世界繼續活下去

日光所困之城

——「近日天氣穩定，紫外線過量，
民衆請避免外出。」

日光所困的城市，我們悉心躲藏
防曬乳霜、遮陽傘，戴上墨鏡
喬裝成爲當紅影星
陽光，紫外線，請你不要拍
許多緋聞；一些祕密
還是不能攤開來

回歸線穿越城市的建築

自動門分出緯度的高低勝負
暖化止於「歡、迎、光、臨」的禮節
我們在巷弄間爭相奔跑
接力一個冷暖適宜的氣候

薄脆陽光透射百葉窗，鱗片我全身
汗水滑落襯衫內裡，順著收攏的背鰭
就要流向昨日偷藏的乾燥美地
我摺疊起變身的慾望，收納
最底端的抽屜

整座城市終將空無一人。
我們排隊進入鋼骨化的巨大醃漬罐頭

被耳語風乾；以忙碌封口
之後我們還是成為最苦澀的
那顆蘿蔔

今日天氣朗爽，無人結伴出遊
城市為日光所困；生活
被計畫中的行程所縛。
我們來自極地冰凍的深層
褪去一身葉綠素，思緒難以光合
炎熱無風的綠色日子裡
幻想成為一株植物

夢遊之湖

雲霧以大軍壓境之姿而至
山稜恪守睡眠的隘口：通往
各種記憶的深處
我與戀人拾級夢的階梯
垂釣意識，以途中的老松當竿
一路嗅尋煙硝來自何處
夢境似湖，深邃而靜好
爲我盛裝多日精心熬煮的夜色

夢湖的聲音無須言語
以蛙鳴爲我翻譯存在之因

數行綠韭猶如夢遊之人
迷途中繾綣於夢的邊境
夢裡沉眠；夢裡醒轉
在夢湖邊泛起了漣漪圈圈，輪迴的
是她訴說多年的孤寂身世

如夢似幻，沉睡的山坳
獨自演繹一座靜謐之城
夢湖斟滿了色調溫潤的茶湯
山嵐品茗時，便霧住了我們的視線

城市亦湖，在夢與現實間蟄伏
山裡的小宇宙善於失眠，世界亦未入睡
卻依舊每日假裝醒來
戀人是我夢途中唯一的旅人
我帶戀人走入夢湖，戀人
引我探尋心湖

「回去罷……」戀人對我輕聲說

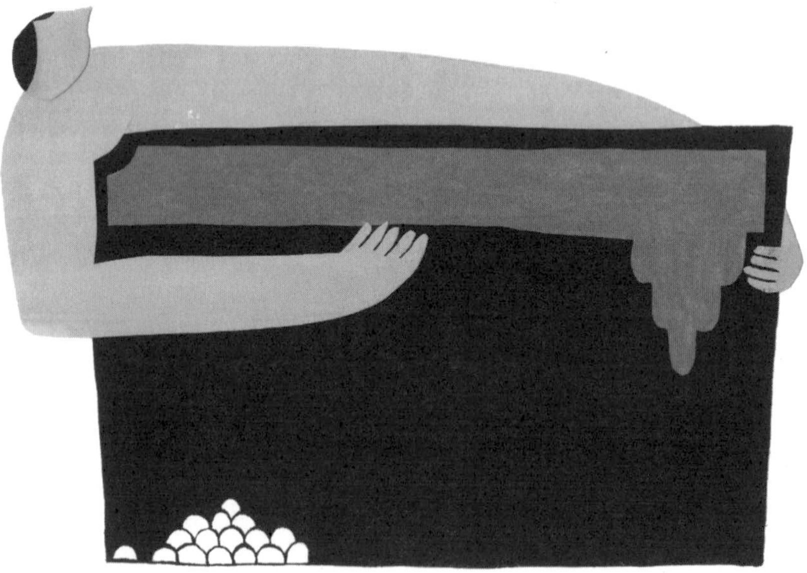

輯三、堰塞湖

堰塞湖

再也無法成為河流——
往更遠的地方，肥沃成一畝良田
再也無法，滾動滿腹稜角的粗礫
任憑圓滑心事，鵝卵堆疊

終究你說的話是地底微微的翻身
一個眼神崩塌；鬆動夾岸斷層
你的悲傷堵截所有歡樂的流域
淚河漫漫……水面就要滿溢上來。

車門開闔之際，光害與噪音不再受邀
於此動盪的世界，忘卻塵埃
放行高漲情緒，在寂寞的山坳裡
靜謐一座濃霧的湖泊，環抱自己

城市似湖，在夢與現實間蟄伏
破碎湖底滲漏著憂鬱
你已無視潰堤之後
深植我心下游那些豐收的作物、壯碩的牛羊
你仍執意回到久違的海洋
於是生活與交通，
停滯形成一只巨大的浴缸

你裸身前來，對坐其中
日常的毛屑沉默。堵住了排水
但我不能因此消極，
淹沒你身背的空缺。

但願是那淤泥——
骯髒地沉澱在你心底；
但願幻化成爲湖中水怪
只在最孤獨的時刻，
探出頭來

依然安好的景色

用一首歌描述當初
旋律簡約，填入的詞彙
可以眼神演唱
用遲來的耳朵傾聽
但不必道歉，這裡
的音符已所剩不多

你已看到最後的笑容
黑白顏色，用暗褐木頭裱框

掛在牆上供我們攝影
用螢幕讀取悲傷
用眼淚，當作祭品

所剩的景色不多
有些人孤孤單單地從暗地裡走出
而有些則默默走入
所有通往美好世界的隧道
都已坍方

用幾個簡單的文字書寫後來
想一個詞，造一個句子

對自己表示安慰，對記憶
表示懷念
但請勿失望
這不符今日的題綱

請原諒大水，請原諒
迷失的風向
如今它們，都已各自遠颺

重新構思過去很難
那就拿起畫筆，勾勒
未來的輪廓
這次用點鮮豔的色料

下筆處的風景
便依然安好

我父

二分之一的我，初始於你
賦予對半的基因、半套染色體；
種植我，修剪與施肥
以皺褶的手爲我清理晨露的冷冽
汗滴入土，灌溉生活的貧瘠
架棚、整枝，讓我挺立；

用臂膀築起寬闊的堡壘
保護我，使我擁有片刻的熟睡，

迷途時的依歸；
告訴我，不輕易流淚
那是爲了所愛之人的傷悲

無數次酒精代替麻醉
注射一切生活的美好幻影
鼾聲幽默地訕笑，啤酒肚走山
地震搖晃在每個酩酊的深夜
餘震像是：學費、貸款，以及工廠的訂單
健康跌停，紛紛罷工抗議
日子如癌壁，片片地剝離……
凹陷入椅的身軀，爲我解釋
與世界應酬的勞疲

斷續深淺的囈語彷彿擔憂著我
無法順遂的未來

父親啊，我不懂你的憂傷
使我無法成為你的想像。
多次想表示歉意
向你傾訴：落寞、失戀，問候與諒解
或是遇見一彎可以停泊的岸——
如今你已成為一縷
無憂的幽靈

時光的慢火車
能在哪個陌生的月台遇見你

願你沉眠。來世再成爲，
我父
不再留我於億兆蜉蝣之間
獨自演繹，
巨大而破碎的孤寂

我必須了解的事

Thing to remember is if we're all alone,
then we're all together in that too. ——《P・S・我愛你》（*P.S. I love you*）

當冬天來臨
想必春天仍遠
踩過落葉林一整片的孤寂
死亡與衰頹
趨近

走進擁擠的樂園

投入每個紛擾的街坊巷道
想體會更多的熱鬧
與悲傷告別
想看見你是否突然間，人群中
向我揮手

島嶼頂端，四季有雨
回憶的臉龐有淚
孤獨有餘
想告訴自己你已離去
之後每個故事的結局
不再有你

你走過的路我都還記得
每個足跡與停頓
都是爲了我等待
之後我也將沿途尋找你留下的每個注解
搞懂這個世界的奧祕

即將到來的那天

時間巧妙地閃過障礙
騎乘白馬而來
縫隙中，萬物皆在等待

樹梢的葉塗上緋紅
雙頰叢林降下白雪
一路上，每個人都急忙奔馳
回到過去，走向未來

故事的迷宮中
世界刻意曲解所有的情節
無法解釋的我們，紛紛
咬緊雙唇
日曆尚無記載，末日的紅字
預言也皆未成眞
沒有人替我們一一探路
生命轉彎之後的風景

光陰相對我們而來
我們面向它來處的遠方而去
生之時；亦是滅亡之初
絕望之日必定滿載希冀

伴隨淚水蒸乾，化成霧露
消散於風中

請你不必等待，生命
殺青之日；即將到來的一天
沒有人知道最後的局面
似乎也不會有
任何結束

冷漠的恐怖拜訪

——《恐怖拜訪》觀後

氣溫依舊異常炎熱
溫室效應發威，我們是不堪一擊的
小花
外星飛來什麼橫禍
黏液帶著病毒般的口音
每個人都病了，每個人
排隊接受注射，等待一次痛快的感染
就只能這樣了。我們。
埋葬熱情、褪去溫柔的內裡

將善良包裝妥善，交給愛麗絲
連一點點的快樂都不能留下
都丟了，都丟了。
（毒素正在發威，不是我們的錯）
那時我已帶著我的初衷離家
你按破了門鈴，仍無人回應
都下起了大雪（是眞相嗎？）
會過去的，會過去
或許體內正留有免疫的抗體
說不定喔，說不定
終究你我都會被識破
當冷漠前來拜訪
我們都無法逃亡

聖戰

淪陷之後
癌細胞在蟬聲未盡的夜晚攻入父親之城
斬首一般　直搗腦幹
一口一口吞噬血液的豪邁

泅錮著血肉裡欲飛的魂魄
癌細胞層層逼近之中
攀爬而上　占據思緒的堡壘
午夜的哀嚎是一種戰術　我想

崩落的基石譜出一首四面楚歌

我望向滿天閃爍的無能爲力
喃喃誦著　是一種告解
是否在最無助之際　想起萬能的　神
會用什麼奇蹟決定救贖的方式
解救這些沉浮游移的憔悴子民

點滴執著於滴著父親永遠滴不完的愛
踏著如歌的行板　癌細胞和愛　一起蔓延
父親的掌紋在我手中融化成信賴
我們小心構築生命脆弱的堅強

我乃忠貞不二的盟軍
這場戰役　並肩　再下一城

南方的土壤

——紀念八八水災

那終究只是一座小小的島
島的南方散布安靜的山谷
山谷的胸口有脈搏
脈搏是水
水與熱情的血同韻
淚水溢出眼眶，血液沖垮堤防
那終究只是一片寂靜的小林[1]

小小的林在夜裡深沉地睡去
「那麼下個月還來村裡唱歌、
跳舞嗎？」
不了，不了
怕歌聲舞步驚擾
那些祖靈以及將成爲祖靈的
祂們

那終究只是光點飛舞的故鄉
溪流的名字，那瑪夏[2]
流過深山的百合
啜飲無聲的月光
不知螢火蟲們

是否依然記得回到那個閃亮的地方

那終將成爲一個紀念日
紀念一場難過的大雨
悲傷地淹沒我們所愛的過往
南方的水患默默褪去
遠處已傳來
螺旋槳的聲音

1 每年農曆九月十五日爲小林村舉辦「平埔夜祭」的日子。
2 那瑪夏，意指楠梓仙溪，有螢火蟲的故鄉之稱。

潟湖

黎明像暴雨就要來了
房間是寧靜的海灣
想像你貓一般翻身
盥洗、著衣，
輕扣門鎖留下我
像一個不能出去玩的孩子
想念你離去後床邊的凹陷
夜裡巨大的重力場
我是一座寧被吞噬的星系

生活的外灘地有夢淤積
巨大的海洋如今收攏，匯聚
躺在身邊靜靜地陪你
濱外沙洲是我伸長了雙臂
攔截日子困頓的流沙
來到我的港口，是我的湖
最肥的蚵和最美的日落
等待著你永遠是
一艘小船躲避著將至的暴雨

佝僂低語

黃昏是令人感傷的時刻
黑夜吞噬日落遺留的溫度
橫隔膜反射地拱起，緩緩落下
如生命盡頭吐納出的冰冷餘燼
疲憊獸般苟延殘喘……

灰白疏落的髮梢隨風搖曳
輪椅披掛無數降落場上的眼神
青春跳躍的弧度終究無法勉強

與其對比之年華，早已
無聲遠離……

孤立無援，雙輪代替前行的速度
喪失振作的理由
（這把年紀正適合打一個盹兒？）
生命是被輕輕觸碰的含羞草
鼻胃管連結持續運轉的世界
存活意味只剩默默接受澆灌的一切

寫信致頹萎的身軀：
過往綺麗伴隨時光推移
宛若雲層之間緩緩收束的餘暉

必須伸手往空中揮舞
偶爾用力喘息，以抵禦
死亡洶湧的攻擊

異國年輕的看護
身後站成年華式微下的後盾
語言尚無隔閡，
因交談的頻率極微弱
曼妙韶光本不該
與殘敗燭影共同鎮守遠處葉落的瞬間

只是不甘於靜靜自樹梢凋零
脫落有如季節交替的乾裂皮屑

不甘於一生的繁華落盡
困於無法動彈的方寸，任薄脆陽光
曝曬癱軟的軀殼
更不甘於夜裡那些失禁潰堤
而不斷佚散的溫柔光影……

如果遠方

——致我從未到達卻依舊存在於世界另一端的角落

如果遠方，不如想像中的平靜，
我們應該掩耳，或是傾聽？
如果天空被烽火遮蔽，
失去蔚藍的白雲該如何飄移？

總是被陽光包圍，
是否忘了世界的另外一端，
存在著潮濕，與對生命的憔悴？

因爲蓄積太多的眼淚，
對於潰堤早已有了防備，
那是個失去太多的國度，
所以必須學會遺忘。

如果遠方，不如想像中的安穩，
我們應該閉目，或者正視？
如果持續被黑夜籠罩，
黎明該不該來臨？
我們在黑暗之中被星星圍繞，
雖然孤單，卻很溫暖。
而那裡已經失去了應有的亮度，
比起我們的黑暗更加黯淡。

對於死亡，我們都已習慣悲傷，
而如果生命唯一的等待是無止盡的離開，
那種無以名之的悲傷，
需要多少個刻意忽略，
才足以用習慣淡忘？

他們從來不曾選擇也無從選擇，
關於宿命的問題，只能虔誠地交給，
似乎萬能的神。

而當我們離去之後，
世界的另一端依舊在這廣袤孤寂的宇宙，

不停不停地轉動，
直到他們也決定離去。

我確信——
那遠方的生命將更加如樹，
吸盡這世界吐納出的哀愁，
枝葉因而愈臻　翠綠扶疏。

不敵

——寫於生日前夕

過了今日，我二十六
依舊無法理解晨起的難堪
體重無變化，愛的容量卻多了
明明白白就裝著一個人。
這年紀鱷魚留下字句後離開地面
我卻如此眷戀窗外突現的光景
畢竟世界總會自行毀滅，又何必
我們插手。

我將二十六，當明日來臨
憑藉你的導航，走在路上
還是常常不知遠方；
時間是海洋，沙灘上足跡童稚地走著
一點微小地震
洋流掀起巨浪，沖散岸上的我們
太多模範走在前方
拋下了我們
眞正難過的時候我只專心流淚
眞誠對人，開些玩笑
偶爾浸泡髒話洗淨身體

我們不提那些腐敗的，皺褶裡的髒汙
再多的溫柔都只是詐術
愛是唯一伎倆
終究我們還是不敵
身旁眾多眼神的美好想像

生命的隱喻

——重讀《象山的孩子》3

0

喧譁到就要沸騰的城市邊陲
我們蜿蜒進入；仔細推敲
萬能造物遺留人間的
種種命題……

1

望向遠方，我明瞭：
你還有一個夢
背影永遠背離陽光
被無奈緩緩拉長
你希望與一百個人緊握雙手

0

你本是天生的舞者
整個世界就是一臺隨身聽
跟隨音樂搖擺身軀
你總可以聽見角落發出
最微弱的聲音

1

就把所有煩憂拋諸腦後
應付清醒的日常令人疲累
夢境的背後十分安全
不會有人在轉身之後
指指點點

0

向每個人致敬。
這個時代詐騙的手段過於高招
無法輕易分辯誰是善人
而誰不懷好意。

「那個人，明明說好了還我錢。」

1

你將自己化為一個象徵性的符號
適度地為生命畫下逗點
面對巨大的孤獨，你沉靜思考
下個句子的開頭如何述說：
那個隱藏已久的祕密

0

人們說你年少無知
你說：「只是想給情緒一個出口。」
切割手臂的時候

沒有人知道——心痛的感覺
比傷口還疼

1

跳脫了規律日常
時序無先後，意識
在你筆下如一條流動的小溪
「你寫詩，
而你——已是詩人。」

0

這裡沒有尋幽的訪客
亦無桃花源

我們便是迷失於山林裡的武陵人

3 《象山的孩子》，陳柏亨著，張老師文化出版。以影像及文字記錄台北市立療養院「又一村」的青少年精神病患，試著由紛亂幻境回歸真實世界的生活點滴。

輯四、走過你走過的路

星球願歌

萬物之靈，請放下你們貪婪的手
使梅花鹿回歸郊野奔跑
鯨豚在出航的船頭嬉鬧
讓蓓蕾含著露，閃爍日光的晴好
使蓊鬱的枝幹回歸山林懷抱

請爲歷史留下美好的注解
記載冊頁中，修改征戰與毀滅
使核分裂用於闃黑裡的照明

藥物投至疾病的療癒
槍枝只爲和平；歌唱只用聲音

請奮力高舉你們萬能的手
創造便利，切勿生產惡氣
保留一方天地，供生靈棲息
給寂寞的人熱情
莫讓星球持續升溫

請留置後代清潔的息氣
使風感覺清澈；陽光沒有阻塞
讓嬰孩能在母親懷中無畏地吸吮
使他們習得愛；忘記仇恨

了解彼此外表都擁有皮膚的顏色

願海豹醒來不被凍僵
候鳥得以順利返航
願礁石中的魚群爲彼此化妝
要縫補臭氧層的熱烈傷痕；願雨水
暢快地灌注海洋

願遠方微微的地震切莫驚擾午眠的航線
熱帶氣旋解渴乾涸的地面
不願極地的雪漬落寞消退
願海平面安穩，保持鎮定的水位
願富足，願喜樂

願你清晨甦醒的床邊有光
願人們關心氣溫升降，勝過
股市的跌漲
願星球可以度過每一次預言的末日
願劫難走避，虹彩現形
願溝通不必依賴語言
願隱忍的善持續發酵；喧譁的惡
無所遁逃
願大地之母在廣袤宇宙中永保蔚藍
願你面容不再憂鬱

那一年深入山中

——訪達觀部落

那一年，我們深入山中
蜿蜿蜒蜒進入，而有時我更懷疑
是山吸引了那時年少的騷動
夜色剛從山頂降下幕來
晚風輕踏月光而至
路燈只有微微的幾盞；而星光眾多
山中部落那時尚未熟睡

村民升起營火熊熊燒著黑夜
嗶嗶剝剝響徹那隻張嘴的山豬
村民們笑著，臉上卻有不安惴惴
我們闖入彷彿夏日的狩獵
打亂母鹿輕舔著溪水

緩緩踱至鄰近山中小學
腳步聲已撤退偌大球場，我蟄伏般躺下
夜空被暗瞑占據
星光是飛遠的流螢
靜謐的一切此刻都已安頓熟睡
只賸山中溪澗洗刷著遲發的昨日

一個小男孩在我身邊並肩而臥
什麼也沒說，我們只是聆聽：
安安靜靜的聲音。
那是他熟悉的星空；我陌生的黑夜
落單寂寞的王子
憶起故鄉第四十三次日落
玫瑰花仍掛念主人麥色的髮尾

夜色趨濃，星光杳滅
返程路上男孩稚嫩的掌心
一股不願放手的決心
汩汩流向我——
彷彿他已失去了太多：

亙遠的小小星球於地震多年之後
仍是破碎的塵塊

那一年，年輕的靈魂深入山中
燃燒殆盡的清晨，我們清澈地醒來
滌淨俗塵、輕拍朝露，眼眸彷彿
明亮許多。

拯救地球的男孩

小時候，地球處境比較危險
忍者龜、地球超人還有金剛戰士
都被派來拯救世界
我們都希望擁有一架機器人
用不死的絕招
將邪惡劈成兩半

而後來我們都想過在下雨的夜晚獨行
行過童年的阡陌、

夏日的蟬聲，以及輕聲滑過
巷尾那個隱密的角落
那時細碎蕭索的時光屑片
便不斷湧出……

宛如意想不到的卡通結局
爲抵抗時間怪獸的摧殘
我們也悄悄變身
裝上堅硬的外殼其實容易
只是尚無機會喘息
並與你合體

「一刀兩段，龍王劍……」

我以為多年以後，即使
恐龍突然甦醒或是外星人來襲
就算黑暗勢力不斷進化
沒關係，——呼叫龍神號
保護地球和拯救人類
我以為
你也會舉起你的劍

或許我該承認
與黑壓壓的人群相比
你只是，一抹沉悶的背影
正孤獨地與世界為敵

還有一個地方

——記一座平地而起的森林 4

那裡曾有甜美的軀幹站立，甜甜地
往事吹散，述說甜甜的記憶
身世在山的懷抱中流離
百年來，你寂寞的身體被遺棄
山坳中獨自練習：如蜜的話語

跟晨光中的朝露說早，請大冠鷲
教我們清理濃濁的喉音。與昨夜
宿醉的環頸雉道別……

嘿，別忘了卸下一身的濃豔
Ma-sa- di，該如何翻譯？
你是綠色的精靈，乘著海風
海風從山的雲霧裡輕飄而來

「綠色的森林是樹的海洋。」
你做了甜甜的夢從巨大的洋流裡醒來
甜甜的夢裡有甜甜的囈語
囈語碎裂，灑在葉的翼尖
那裡灑落著夢境的絮叨以及蔥綠的想望

爽朗的斷句我傾聽，來自縱谷底部的旋律
豢養著古老靈魂，那裡有年輕的生命
甜美的音調帶著苦澀的嗓音
Ma-sa- di，豐美境地。那是世間的名字

散發天堂的光輝；那是掉落土地上
最珍貴的一片綠色肺葉

請為我栽下一棵植株，讓它茁壯
拉拔它成為一座森林，從平地而起
延續著泥土的氣息，使最初的聲音
能夠成為它想成為的歌曲。
那裡有它熟悉的母語與造句，那裡
就還有一個地方，我們可以一起過去

4　詩中所述之平地森林位於花蓮縣光復鄉，舊時為糖廠，今由林務局闢為森林。

請跟馬爾地夫的美麗說再見

5

請輕輕地揮手，請沉默地目送
請跟陽光下的珊瑚礁說再見
不要驚擾收拾行囊的魚蝦貝蟹
沒有人提及憂傷，所以請不要流淚

請輕聲地道別，用細碎的耳語
請跟浪花的歸處說再見，
細細綿綿的沙灘曾是它奔馳的遊樂場
月光下，那是它坐臥無數美夢的床

也請跟搖曳的棕櫚樹說再見
它迎風的姿態我未曾見過，
如今她正微微地顫抖——
腰間上繫著的網床無人攀附
她害怕寂寞，她也害怕
一夕之間的沉沒

請跟灑落印度洋上的珍珠說再見
那是南方的小島我從未去過
清透的海水與避暑的小屋
在同屬熱帶的土地我思念
思念那不是海嘯，

是被汙穢淹沒的花環

請跟馬爾地夫的美麗說再見
水就要漲上來了，那不是潮汐
煙霧就要蔓延開來，籠罩你我的想望
我在同屬熱帶的小島上揮手
跟馬爾地夫的美麗說再見

5 馬爾地夫島國之人工島 Thilafushi 已被垃圾所淹沒，島上終日焚燒垃圾，煙霧瀰漫。

樂園

身處一座樂園。

熱鬧、嘈雜，周圍聲音巨大
這裡消費歡愉；不能攜帶感傷
你走入排隊的人群
人群排隊走向，心中的樂園

所有的設施上緊發條，投射每個人
天堂的信號

你扮成海盜，盜取如雲的浪花；
飛車上尖叫，你聽見：風在說話

摩天輪下，請你不必猶豫
畢竟升降中，我們攀上了高峰
坐看，風雲湧動

你是否看見錯身而過的小丑
收集笑聲、打包淚水
並將過去往事，一一往空中拋擲

夢的時代，總有醒轉時分
外頭下起了黑雨；這裡仍保餘溫

滿載城市的汙穢，暮色裡的舟就要駛向
不寐的，光亮的島

世界是一座樂園
我們總在落日前，匆匆抵達
舉起雙手，為你蓋下天使的印記
悲傷的人可以不必悲傷
而快樂的人，請繼續快樂

接力

日子是自己圍成一圈的操場
我們的生活是比賽
每一場都是接力
有時我們交棒出去
有時，將遠方遞給自己

我們落後
我們也遺留汗水給身邊的跑者
這樣一直跑著，跑著

風跟陽光都在我們身邊
這個午後沒有雲翳
沒有暴風，也無霜雨

依然有人在場邊喝采
爲了我們，或是身旁超越的他人
就讓勝負離我們遠去
仍有蜂鳥在前方
引領我們輕快的步伐

我們需要一場在午後悄悄舉行的接力賽跑
接下重擔，或遞出領先
差距在此時都已毫不起眼

我們不去追趕別人
陽光燦爛
今日，就跟我們自己賽跑

走過你走過的路

像迷途的車次尋找路標
回到了讓彼此沉默的起點，尋求指引
通往林深處的小徑依舊
我還能憶起，路途上你累了說要休息的
那顆早已遍布青苔的石頭

牽起你的手，我是你穩當的枴杖
為你試探路途上每一處時間的凹陷
拉著我的手，縱使前方是巨大洋流

我想念你的時候，你就成爲
永遠站立閃爍的塔樓

我並非一無所有。我還繼承你
清澈的眼眸；心中也有細膩的絲綢
書寫時有你的筆風，善於背負愛的笨重
在寂靜的深夜裡，在挫敗的旅途上
縱使卸下了一身行囊
仍能看見你，
在上坡路的盡頭向我揮手

年月流轉，陌生的行人眾多
一個個默默地從我身旁經過

路過三月春光，途經七月炎夏
我牽起身旁一雙雙溫熱的手
那些不停延伸的路呀
也就一起走過

彩排

——我們的熱情不同，
於是燃燒的亮度並不一致。

夜以繼日的我們不停排練
扮演自己也扮演別人
同樣的橋段，表情僵硬
我們相視而後笑場

此時高空燈綻放
臺上的疲憊與倦容皆打包
退居幕後

反覆演練的口條娓娓道出
我們套弄熟悉的對白

「舞臺中央此刻已是
世界圍繞的中心。」

只是臺下一片漆黑
尚未入場的觀眾席像一個個在夜裡聳立的士兵
鴉雀無聲站崗著
風雨前的寧靜

時而歌聲響起
時而舞步翩翩

時而我們忘我地走入高潮迭起
忙著扮演別人眼中的自己

必須融入
也需必要的陶醉
我們或哭或笑
等待每個布幕拉起的瞬間
寂寞的觀眾席
也正無聲地等待人群
緩緩入座

黃昏

那一排紅磚矮房像午睡的貓
夏日暖陽照著渾身慵懶
在狹窄的巷弄旁
我蹲低聆聽
矮房竊竊私語像貓的呼聲

陽光斜照矮牆在門前，設下
一個陷阱般的陰影
有個婆婆落入了柏油色的圈套

她打了一個盹兒

在一隻花貓走過她面前的時候

我沿著花貓踅過的路徑

漫步這落日前的寧靜

婆婆手搖涼扇，嘴裡仍喃喃囈語

皺紋交疊、眼角緊閉

我只是無法理解

有幾個十年的歲月正不停地

在婆婆的夢中流轉

幾個十年以後

這片紅磚矮牆必定已斷了氣

所有午後的靜謐時刻
隨著城市的腳步也將
搖滾起來

在夕陽下山前
少女的祈禱聲準時到達
忙著收走迷幻的彩霞
我看見一隻花貓躍入矮牆後的小徑
婆婆靜靜推開紗門
一個人獨自打開了客廳的燈光

夏天望著你的背影孤單

然而
夏天的到來竟沒有一絲溫暖
我躲在比南更南的岸
堅守四樓倔強的窗口
思念開始撤退　在你轉身之後

如果離去是一種勇敢
我將找不到遺失回憶的地方
大道茫茫

走在你清幽的小徑　依舊寬敞
乞討著你的相視而笑
我的世界跟著淪落街頭

淚的碎片　爬滿招架無力
蜷在角落望著你的背影孤單
反覆吟哦薰衣草等待的
花語　我逐字翻譯

轉身
跳入夏天豐腴的陽光
逃離仍適合一個人的浪漫
在你的冷酷異境之中

我的末日已悄悄來臨
什麼時候
夏天已經孤單地離去

大霹靂

你的眼底充盈滿天星斗，今夜過後
下定決心不走。歸途有霧
巷弄過黑，沒有你陪伴也就無光黯淡
黎明來臨前，路口荒蕪一片
水柱冒起青筋，擊碎我；用束帶縛我、
綑綁我，讓我忘記黑箱裡
豢養著一群食人猛獸
被傷過以後，更加決定：
不再輕易原諒暗夜裡發生的事

爲你嘗試塡滿心中的火藥
燃燒滿腹委屈，升空去看你
「最近好嗎，都在想些什麼？」
每天作一題難解的心理測驗
試圖釐清自己。許三個願：
只蒐集不能說出口的最後一個
生活舉步維艱，上班途中無重力漂浮訓練
「好崩潰。」也就還能在斷垣殘壁裡
搜尋生還
拋下所有引力；拆卸每寸情緒
每向前一步——
都更往黑洞靠近一些

遠古洪荒，有夢的初始
神明失眠復又睡去之處
島嶼上空，盤據質量巨大的謊
理想世界被扭曲時空
無法逼視彼此柔軟的內裡
爲了抵達你，決定耗盡所有心力
醞釀一次疼痛並愉快的爆炸
慾望不停協商、在密室膨脹，虛無的
暗物質，充塞覆滅後的房間
感覺所有幸福光亮都在遠離我
到遠方自成一顆星球

每個人悉心收藏自己的火柴：
木頭質地、彩色、金屬光澤，釉燒般
各式各樣瘦長的祕密，不願劃向彼此
在極黑、冷酷的星系邊緣
我們粗糙地摩擦，輻射出光
穿越幾個天文單位來到對方身旁
只剩孱弱鋒芒、微微火亮，但那已不是我——
原來的模樣。
回到最初，宇宙源自於你
選擇迸裂的一聲驚嘆
彷彿看見你翻越圍籬，跌了一地玻璃
未來在街頭某處靜靜流淌成銀河
你是一顆鮮甜脆實的蘋果

擁有熾熱瑰麗的核心

後記：幸運之人

從出版計畫獲得文化部出版補助、投稿至出版社並且被接受，一直到如今順利成書，總覺得自己像在夢境一般，至今仍身處天堂。

關於寫作，總覺得自己是一個極其幸運之人。永遠記得第一次投稿報紙副刊，收到錄用通知的當下，內心翻騰的喜悅，像是在黑暗之中獨自擦亮火光許久，終於有人願意停下來多看一眼。近日整理詩稿，發現那竟已是十一年前的事了，原來在如此青春嫩綠的十八歲，早已種下了詩的種子。但其實在更年輕的國中時，便流行在BBS上寫一些情意氾濫的句子，少男情懷總是詩，現在回過頭去看，不免感到羞赧。十幾年過去了，那些寫詩的同伴們變成臉書上又近又遠的追蹤好友，但繼續寫下去的還有誰已不得而知。慶幸的是，自己仍幸運地走到這裡。

即使如此，不寫詩的時候總是多於寫詩的時候。關於詩的成形，通常先出現一個對象或主題，接著這個想法會在我的腦海中醞釀許久：捷運上、沖澡時、甚至走路坐馬桶，白馬黑馬走過天黑天亮，等待意象浮現與匯聚。直到情感與靈感最醇厚的時候，才一鍵一鍵地在電腦上打出濃稠的詩句。有時候寫到一半，所有的思緒像霧散一般煙消雲滅，那我也不強求，把斷簡殘篇存在硬碟裡，等待下一次的相遇。

不知道其他創作者的想法如何，但對我而言，總覺得寫詩是一件極其私人的事，難以向人啟齒，甚至當朋友同事談論起默默發表在部落格的新作時，便顧左右而言他地轉移話題，像是偷雞摸狗做了什麼被抓包一般。然而，說不在意終究是過於矯揉造作，每個作品都像自己的孩子，帶出去無非希望人們蹲下來捏捏臉、摸摸小手，呵臉說可愛——我們是那麼需要別人的肯定與青睞。一直到最近，慢慢受到網路上素未謀面的文友們以及幾個獎項過度的加持與鼓勵，才逐漸有勇氣把四散於各個硬碟、隨身碟以及網路上的作品集結成冊。

有時候不免自問，寫詩對於自己到底是什麼？這個時代的人都太忙了，我們這一輩的人，每天庸庸碌碌，朝八晚十，電視上還談論著目前超過一半的年輕人每個月薪水不超過三十K。光是應付生活都筋疲力盡，連閱讀都是奢侈，讀詩已難，更何況是寫詩。但一路走來，寫詩對於自己而言，是一種超能力，一種把文字情感濃縮再濃縮的能力。又或許這一切都只是幻影，如前輩詩人鯨向海所言，詩之精神症狀：偏邏輯思考、意念飛越、思想抽離、似陌生感等。詩是最美的詐術，讓我們耽溺上當。

因此，一直以來，奉「詩為知己者寫」為圭臬，不管是把詩發表在何處，可能是BBS、臉書、部落格，又或者是報紙副刊的一角，我不期待能夠得到多少個讚，抑或當下能夠被解讀與傳頌分享，詩的存在總是不起眼的。但是，我總是期待著詩自己能找到共鳴的對象，一百個人就有一百種看法，等待著伯樂而來，解讀它，被了解，那詩就有了不同的意義，甚至是超出了被寫下時的意義。

而那時，我就是一個十分幸運的人了。

附錄：黎明將近，晨光剛好

林達陽

我們理想中的國家，應該是怎麼樣呢？

在那之前，我們往往必須先描述先鋪陳的，是我們實際上看見的、動用全部的知識背景與詮釋能力去觀察的國家，現在是什麼模樣。對我來說，這是尷尬且折磨的功課——從理論與想像還原到生活的血肉裡，不置身事外，不指點不擺譜，在下刀了解／清理病灶的過程中，小心翼翼地保持結構、溫度與脈搏。若有餘力，還保持愛與傷害之前千絲萬縷互相牽連的狀態，最好，也保留注視著此一狀態時的感覺。

〈不許〉與〈三月〉關注的是巨大的議題，關於國家、政治和人民；但選擇聚焦的是議題當中的細節，尤其當中的溫情與傷心——寫人民對政治的抵抗與禁忌，寫人在「運動」中的經歷，也寫政治事件與日常生活之間的關係。〈不許〉以情詩起手，營造一傳統賢慧、中產階級形象的愛侶為訴說對象，描述愛人準備夜宵，注重營養，謹小慎微，潔身自愛——而也正因為愛，愛人也以同一標準約束著敘述者：愛人期待表象上乾淨安全的生活，期待單純的烹飪與餵養；過量的營養、超標的體脂肪、虛偽的謊言、「惡毒的口水如暴雨／黃昏要來了，水面越漲越高」這樣的事，實在太難太複雜，既超過愛人所能處理，也超過愛人所能負荷。這等於是回過頭來談論「愛」的命題：不論是對於愛人，或者所愛之國家，我們都是如何去愛呢？我們期待愛人與國家怎樣愛我呢？而我們又渴望如何活在怎樣的愛之關係中？

〈三月〉則談論警察與運動者、國家和公民在「運動」當中的互動。從太陽花學運的行政院事件起頭，回望九〇年代的野百合學運，意象細膩繁複，音樂豐沛迷離，而且始終維持著沉靜且強悍的意志——我不知道這是何時寫成的作品，但我打心裡佩服和安心。經過一年的折損，並不是每個人都仍能保持著完整完損的胸膛和心臟繼續挺進。

去年的三月如此難熬。許多事情從此不同了，但在細節資訊爆炸流通、大局情勢緩慢轉變的過程中，我曾非常焦慮，「理想生活該降落何地」，我們年輕一輩的文學創作者，除了上街頭外，還有什麼能做的事情？還好許多前輩與夥伴透過創作，尤其像是〈不許〉與〈三月〉這樣溫暖且富有力量的詩，反覆證明了在這場與國家意志的對抗當中，即使不在第一時間發生，詩仍有著不可或缺的位置。

「黎明將至，晨光剛好／輕聲喚醒街上帳篷裡熟睡的孩子」。

——原載二〇一五年五月《聯合文學》雜誌

◎本文作者林達陽先生，七年級生，高雄中學畢業，輔仁大學法律學士，國立東華大學藝術碩士。曾出版詩集《虛構的海》、《誤點的紙飛機》和散文集《慢情書》、《恆溫行李》、《再說一個秘密》、《青春瑣事之樹》。

九歌文庫 1237

堰塞湖

作者　張光仁

責任編輯　張晶惠

創辦人　蔡文甫

發行人　蔡澤玉

出版發行　九歌出版社有限公司
臺北市105八德路3段12巷57弄40號
電話／02-25776564・傳真／02-25789205
郵政劃撥／0112295-1

九歌文學網　www.chiuko.com.tw

印刷　晨捷印製股份有限公司

法律顧問　龍躍天律師・蕭雄淋律師・董安丹律師

初版　2016年11月

定價　250元

書號　F1237

ISBN　978-986-450-095-6

（缺頁、破損或裝訂錯誤，請寄回本公司更換）

本書榮獲 文化部 MINISTRY OF CULTURE 藝術新秀出版贊助

國家圖書館出版品預行編目資料

堰塞湖 / 張光仁著. -- 初版.-- 臺北市：
九歌, 2016.11
面；14.8×21公分. --（九歌文庫；1237）

ISBN 978-986-450-095-6（平裝）

851.486 105018756